MIRA

a'r dant

I Laura Wyn

Dymuna'r awdur ddiolch i Llenyddiaeth Cymru am ddyfarnu Ysgoloriaeth Llenyddiaeth Cymru a gefnogir gan Y Loteri Genedlaethol trwy Gyngor Celfyddydau Cymru, er mwyn cwblhau'r nofel hon.

Cyhoeddwyd gyntaf yng Nghymru yn 2022 gan
Atebol Cyfyngedig, Adeiladau'r Fagwyr, Llanfihangel Genau'r Glyn,
Aberystwyth, Ceredigion SA24 5AQ

Dyluniwyd gan Dylunio Graff**EG**
Golygwyd gan Adran Olygyddol Cyngor Llyfrau Cymru
Cyhoeddwyd gyda chymorth ariannol Cyngor Llyfrau Cymru

ISBN 978-1-80106-260-2

atebol.com

MIRA
a'r dant

Luned Aaron

atebol

PENNOD 1

"Amsef cooooo-di, Mifaaaaa! Mae'n amsef cooooo-diiiii!"

Elsi ydi'r cyntaf i ddeffro bob dydd yn tŷ ni, ac fel pob bore arall, mi fedra i glywed ei thraed bach hi'n tipian tapian ar hyd y llawr. Dwi'n tynnu'r flanced yn dynn dros fy mhen, ond mae hi'n ei chwipio i ffwrdd cyn stwffio ei thrwyn smwt yn fy wyneb i.

"Bofe da Mifa! Amsef gweld y byd! Ac amsef bfecwast!"

Dwi'n llusgo fy hun o dan fy mlanced

gynnes. Blanced llawn lluniau crwbanod sydd gen i ac un uncyrn sydd gan Elsi. (Crwbanod ydi fy hoff anifail yn y byd i gyd yn grwn.) Wedyn, dwi'n tacluso fy ngwely ac yn sythu'r gobennydd. Tydi Elsi byth yn tacluso ei gwely hi – mae'n gas gen i stafell flêr ond does dim ots ganddi hi. Un diwrnod mi ga i fy stafell fy hun, medd Dad a Mam. Fedra i ddim aros.

I lawr y grisiau â ni. Mynd i lawr y grisiau ar ei phen-ôl mae Elsi bob tro – bwmp, bwmp, bwmp, bwmp ...

Mae Mam yn yfed ei choffi bore yn y gegin. Pan fydda i'n fawr, mi fydda i'n yfed coffi bore fel Mam.

"Bore da, genod! A phwy sy'n mynd i'r Meithrin am y tro cynta heddiw 'ma?"

"Fi, fi, fi!" Mae Elsi'n tynnu ar ŵn nos Mam yn gynhyrfus.

"Mae babi Mam yn tyfu!" mae Mam yn chwerthin. "A Mira yn mynd i Flwyddyn Tri!"

Mae fy mol i'n troi fel peiriant slysh pan dwi'n clywed hyn ...

"Wel, ma' hi'n bwysig i chi gael llond bol o frecwast, i chi gael bod yn sowldiwrs bach cry' ar ddiwrnod mor fawr," medd Mam, cyn estyn y bocsys bwyd llefrith o'r cwpwrdd.

Ar ddrws y cwpwrdd, mae'r rhestr sy'n dweud wrth Mam beth i'w wneud bob bore: 'Brecwast, Fitaminau, Dannedd, Newid, Gwalltiau, Bagiau ...' Dwi'n licio creu rhestrau fel Mam hefyd.

Dyma'r math o restrau dwi'n eu creu:

Pwy sy'n cael dod i fy mharti pen-blwydd

Yr anrhegion dwi eisiau ar fy mhen-blwydd

Fy hoff lyfrau

Fy hoff ffilmiau Disney

Ffeithiau diddorol am anifeiliaid

Pa anifeiliaid anwes dwi am eu cael

Enwau'r T. T. (Y Tylwyth Teg)

Dwi'n tywallt llond llwy o siwgr ar ben fy mwyd llefrith pan dydi Mam ddim yn edrych. Wrth imi fwyta, dwi'n meddwl am Flwyddyn Tri ac mor wahanol i Flwyddyn Dau fydd hi yno ...

"Ma' Blwyddyn Tri yn mynd i fod mor ddiflas, Elsi." Mae hi'n codi ei chwrls blêr dros ymyl ei phowlen Cyw. "Bydd raid i fi sgwennu a gweithio'n galed, ond gei di liwio a chwarae yr holl amser!" Dwi'n genfigennus iawn wrth feddwl am Elsi'n cael cwtshys cynnes Mrs Morris yn y Meithrin.

Y peth nesa ar restr Mam ydi 'Dannedd'. Dwi'n teimlo Y Dant gyda blaen fy nhafod yn siglo'n ôl ac ymlaen, yn ôl ac ymlaen ... Mae o wedi bod yn siglo ers diwedd Blwyddyn Dau, ond tydi o ddim mewn brys i ddod allan, medd y deintydd. Dwi wedi trio popeth – dwi hyd yn oed wedi dechrau bwyta cnau caled Mam (ych-a-fi!) a rhoi plwc bach i'r dant ambell waith, ond does dim byd yn gweithio ... Fi ydi'r unig un yn ein dosbarth ni sydd heb golli dant, a dwi ym Mlwyddyn TRI erbyn hyn! Mae Mam yn dweud mai'r rheswm am hyn ydi oherwydd mai fi ydi'r ifancaf yn y flwyddyn. Gas gen i fod yr ifancaf.

"Ma' dannedd fi yn lân fel yf awyf, Mifa. Fi newydd sbon!" medd Elsi, a'r past gwyn ar hyd ei bochau.

Gwisgo nesa, ac mae Elsi wedi cyffroi wrth wisgo'i dillad ysgol. Dwi heb arfer gweld Elsi mewn glas a llwyd. Pethau pinc, llawn ffrils sydd yn nroriau Elsi. Mae'n well gen i *leggins* a chrysau-T.

"Dewch yn eich blaenau rŵan, genod," medd Mam. "Tydan ni ddim isio bod yn hwyr ar fore cynta Elsi yn y Meithrin!" Mae hi'n llowcio gweddill ei choffi cyn gweiddi'n uchel, "Llun! Rhaid i ni gael llun!"

Mae hi'n bownsio i fyny'r grisiau fel sbaniel cyn gweiddi i lawr arna i. "Chwilia di am y sgidia, plis, Mira – a'r sgwters, a'r helmedi ... y bagia ... cotia hefyd!"

Pam fod Mam mor ddi-drefn? Ar ôl chwilio a chwilio, dwi'n dod o hyd i bob dim ar ben ei gilydd yn y twll dan grisiau. Dwi'n eu gosod nhw mewn rhes dwt o flaen y drws ffrynt wrth i Mam hedfan i lawr y grisiau efo'i ffôn.

"Lle ma' dy chwaer, Mira?" Mae gwallt Mam yn fflopio'n wyllt dros ymyl ei sbectols. Dwi'n codi fy ysgwyddau wrth gau fy esgidiau newydd. Dwi ddim isio bod yn hwyr ...

"Pam ei bod hi mor dawel?" Mae Mam yn agor drws y stafell ffrynt.

A dyna pryd mae'n sgrechian ...

PENNOD 2

"Joe, tyrd i lawr, plis! Rwwwwwaaaaaan!"

Dad ydi Joe. Mae o'n nyrs yn yr ysbyty ac mae o i fod i gael nap hir rŵan achos mi roedd o'n gweithio'n hwyr neithiwr.

Stafell orau tŷ ni ydi'r stafell ffrynt ond tydi hi ddim yn edrych yn 'orau' iawn rŵan ... Mae 'na baent pinc llachar dros bob man – dros wyneb a gwallt Elsi, y soffa a hoff gadair Mam ... Mae 'na ddarnau bach pinc ar y carped hufen, hyd yn oed!

"Elsi!" Mae ceg Mam yn agor a chau,

fel bydd Alffi, ein pysgodyn aur ni yn ei wneud.

"BE TI 'DI NEUD?"

"Fi yn sŵper hîro!" Mae siwmper ysgol Elsi ar ei chefn fel rhyw fath o glogyn, ac mae'n siglo ei phen-ôl yn hapus.

"Be sy'n digwydd fan hyn, genod?"

Wrth y drws mae Dad yn sefyll yn ei ŵn nos llwyd, yn rhwbio ei lygaid. Mae o'n edrych ychydig bach fel y diogyn sydd ar glawr fy hoff lyfr ffeithiau anifeiliaid.

"Edrych ar y lle 'ma, Joe!"

Mae Elsi wastad mewn trwbl. Un tro, ar Ddydd Gŵyl Dewi, mi stwffiodd hi betalau cennin Pedr yn ei chlust a gorfod mynd i ysbyty Dad i'w tynnu nhw allan efo siswrn hir. A chyn i ni adael i fynd i briodas Anti Emma ac Yncl Malik, mi dorrodd hi wallt

PINC

Rhoswen ac Aniela (ei hoff ddolis) – a'i gwallt hi ei hun – yn fyr, fyr!

"Ydi hwn yn cŵl iawn, Dadi? Mami, ydw i'n cŵl?"

"Nag wyt, Elsi," ateba Mam yn flin. "Dwyt ti ddim yn cŵl!"

Mae Elsi'n gwgu. Tydi hi ddim yn hoffi cael stŵr ...

"Fi yn gfac iawn, Mami. Fi wedi cael digon, digon!"

"Ac mae Mami 'wedi cael digon, digon' hefyd, Elsi!" Mae Mam yn sgwrio'r llawr yn wyllt.

"Wel, fi dim hoffi pobol ... Fi dim hoffi Mami a Dadi dfwg! Fi dim hoffi chi O GWBL!"

Ar ôl i Mam a Dad dreulio oes pys yn sgwrio'r dodrefn (ac Elsi), ac estyn gwisg arall glân iddi, mae Mam yn taflu ein cotiau a'n bagiau ar ein cefnau ni. Bag melyn llawn *keyrings* crwbanod sydd gen i, a bag sgleiniog *Frozen* sydd gan Elsi.

"Da iawn, Dadi a Mami – wedi clifio'f mesi, mes mes i gyd!"

Am ryw reswm, mae Mam isio tynnu llun o Elsi a fi o flaen y drws ffrynt, er ein bod ni'n hwyr, ac er ei bod hi'n tresio bwrw glaw. Mae pobl fawr yn od. Dwi ddim isio tyfu i fyny i fod yn od. Dwi isio aros yn saith oed am byth.

"Pwysig i ni gael llun o'r bore cynta ..."

Mae Mam yn gosod ymbarél yn fy llaw ac yn cau côt Elsi. "Mira, paid pigo dy drwyn, plis ... Dim tynnu tafod, Elsi! Gwenwch yn ddel i Mam, rŵan ..."

Dwi'n trio 'gwenu'n ddel' wrth deimlo Y

Dant yn siglo ar waelod fy ngheg.

Mae Mam yn clic clician cyn stwffio'r ffôn yn ôl ym mhoced ei chôt law a thynnu ei chwfl dros ei phen.

"Neith hwnna'r tro. Reit, brysiwch, neu mi fydd giatia'r ysgol wedi hen gloi!"

"Hwfeeeeeeee!" gwaedda Elsi, wrth neidio ar gefn ei sgwter. "I ffwf i'r Meithfin â ni!"

PENNOD 3

Mae ’na olau bach llachar ar esgidiau Elsi sy’n fflachio fel goleuadau disgo Blwyddyn Dau. Dwi’n gwybod ein bod ni’n hwyr pan dwi’n gweld Dyfan a’i nain. Mae Dyfan a’i nain bob tro yn hwyr i’r ysgol.

Pan ’dan ni’n pasio tŷ Non, mae ’na deimlad rhyfedd yng ngwaelod fy mol i, fel tase yna octopws bach yn ysgwyd ei wyth coes y tu mewn imi. Nid tŷ Non ydi o erbyn hyn. Mae Non wedi mynd.

“Brysia, Mira!!”

Mae Mam wedi dechrau rhedeg erbyn

hyn. Dim ond ar y ffordd i'r ysgol mae Mam yn rhedeg.

Mae hi mor brysur a swnllyd y bore 'ma – pawb yn gwthio heibio i'w gilydd ar eu sgwters a'u beics. Gas gen i sŵn ...

"Stopia rŵan, Mira!" (Bob bore ar y ffordd i'r ysgol, mae Mam yn dweud wrtha i i stopio cyn croesi efo'r ddynes lolipop glên, er 'mod i'n gwybod yn iawn i wneud hyn.)

Pan 'dan ni'n cyrraedd, mae'r plant bach yn mynd i mewn i'r Meithrin, sy'n golygu ein bod ni wedi cyrraedd jest mewn pryd. Mae 'na hogyn bach gwallt coch yn beichio crio ac yn dal yn dynn, dynn yng nghoesau ei fam fel babi tsimpansî. Ro'n i'n crio bob dydd am amser hir wrth fynd i'r Meithrin, yn ôl Mam, ond mi fydd Elsi'n iawn ...

"Dyma ni!" Mae Elsi'n gweiddi'n hapus.

"Ta ta, Mifa – gweld ti wedyn!"

Ac i mewn â hi, heb edrych yn ôl unwaith.

Wrth y giât fawr, mae Lleucu a Clara yn chwerthin wrth ddal dwylo ac mae'r teimlad ych-a-fi yn fy mol yn dod yn ôl. Dwi ddim yn gwybod sut i gael gwared â'r teimlad ... Fel arfer, ar ddiwrnod cynta'r tymor, dwi'n cario anrheg dwi wedi ei gwneud i Non yn fy mag – mwclis bach neu lun. Ond dim ond cas pensiliau a photel ddŵr sydd yn fy mag i heddiw.

"Tyrd yn dy flaen, rhosyn yr haf," medd Mam yn ffeind. "Ti ddim isio i'r drws yna gloi, yn nag wyt?"

'Rhosyn yr haf' mae Mam yn fy ngalw

i achos mi ges i fy ngeni ar ddiwedd yr haf – yr union yr un dydd â Non, yn yr un ysbyty. Dyna pam ’mod i mor ifanc yn ein blwyddyn ni a dyna pam y bydda i a Non yn ffrindiau gorau am byth. Dim ond tri drws i ffwrdd o’n gilydd rydan ni’n byw – roedden ni’n byw. Mae Non wedi gorfod mynd i fyw yn bell, bell i ffwrdd mewn dinas fawr yn Lloegr achos maen nhw angen i dad Non ddysgu pobl fawr sut i adeiladu awyrennau. Gobeithio bydd dim rhaid i Dad fynd i ffwrdd i weithio hefyd.

Mae drws mawr Blwyddyn Tri yn agor. Drws lliwgar, llawn posteri oedd drws Miss Carr Blwyddyn Dau, ond mae'r drws yma'n llwyd ac yn wag. Dwi isio bod adra ar y soffa yn swatio o dan flanced fflwffi efo siocled poeth. Tase gen i beiriant amser, mi allwn i deithio ymlaen o fore dydd Llun i fore dydd Sadwrn a joio *Stwnsh Sadwrn* neu *Anifeiliaid Bach y Byd* wrth sglaffio crempogau tenau Dad.

"Wel, bore da! A sut wyt ti bore 'ma, Mira?"

Mr Griffiths fydd fy athro newydd i a

dim ond newydd ddod i'n hysgol ni mae o. Mae gan Mr Griffiths farf fach ddoniol a sbectols crwn, ac mae o'n denau fel pry' pric. Dwi'n colli Miss Carr a'i siwmperi lliwgar. Mae hi mor garedig. Miss Carr ydi fy arwres i.

Mae Sabina'n gwibio heibio ar ei beic ac yn gwenu'n fawr ar Mr Griffiths – fedra i ddim beicio'n iawn eto, ond yn ôl Dad mi fydda i'n hedfan mynd cyn bo hir gan 'mod i wedi bod yn ymarfer gymaint dros yr haf.

Dwi'n reit siŵr fod Sabina wedi colli mwy o ddannedd ers Blwyddyn Dau. Dwi'n teimlo Y Dant o dan fy nhafod. Mae siarcod mor lwcus – mae ganddyn nhw resi a rhesi o ddannedd ac mi fedran nhw golli un neu ddau ddant bob wythnos yn hawdd cyn cael rhai newydd sbon yr wythnos wedyn. Mi fyswn i mor gyfoethog taswn i'n siarc ... Plis, plis, plis, tyrd allan, dwi'n gofyn i fy nant yn dawel bach yn fy mhen.

"Dewch i mewn 'te, blant, dewch i mewn!" Mae Mr Griffiths yn agor y drws a dwi'n edrych ar y llawr gan ddal yn dynn yn llaw Mam. Dwi'n teimlo mor fach â morgrugyn.

"Bydd pob dim yn iawn, pwt," sibryda hi yn fy nghlust, cyn gwasgu fy llaw a fy ngadael i i fynd trwy ddrws mawr llwyd Blwyddyn Tri.

PENNOD 4

Mae ffenestri stafell Mr Griffiths wedi stemio oherwydd y glaw. Dwi'n dod o hyd i fy machyn metel ac yn gosod fy mag a 'nghôt wlyb arno fo. Y drws nesa i fy machyn i, mae yna enw diarth – Lisa Aitkin. Does 'na neb o'r enw Lisa yn ein dosbarth ni ...

"Reit 'te – pawb i eistedd, os gwelwch yn dda. Blwyddyn Tri ... Blwyddyn Tri? Blwyddyn Tri – mae'n amser eistedd! Un ... Dau ..."

Mae Syr yn dechrau codi ei lais.

"Dau a hanner ... Tri!"

Erbyn i Mr Griffiths guro ei ddwylo'n uchel sawl gwaith, rydan ni i gyd, fwy neu lai, ar y llawr, wedi croesi ein coesau – ar wahân i un ferch dal sy'n sefyll wrth ei ymyl o.

"Wel, croeso i'r Adran Iau, blant! Cyn i ni wneud y gofrestr, mae'n siŵr bod rhai ohonoch chi wedi sylwi fod merch newydd wedi ymuno â ni. Wel, dyma Lisa – mae hi wedi symud yma o Gasnewydd. Cofiwch wneud eich gore glas i roi croeso mawr iddi – iawn, Blwyddyn Tri?"

Mae pawb yn nodio eu pennau. Felly dyma berchennog newydd y bachyn côt. Mae Lisa yn dal – talach na Iolo Tomos, hyd yn oed – ac mae ei gwallt wedi ei glymu ar dop ei phen mewn cwlwm tyn.

"Mira?"

Dwi'n teimlo fy mochau i'n poethi. Pam fod Mr Griffiths yn galw fy enw i?

"Fi isie i ti edrych ar ôl Lisa – gwneud yn siŵr ei bod hi'n teimlo'n gartrefol ac yn hapus. Alli di wneud hynny i mi, ti'n meddwl?"

Mae Lisa yn syllu'n syth i fy llygaid i a dwi'm yn gwybod lle i edrych ... Mae pawb – pawb yn y dosbarth yn edrych arna i ... Pam yn y byd bod Syr wedi fy newis i?

Dwi'n nodio fy mhen yn ara' deg, tra bod Mr Griffiths yn dangos i Lisa ble i eistedd.

Wrth fy ymyl i ...

PENNOD 5

Dwi'n falch bod ein timoedd ni'r un rhai â'r llynedd. Mae pum tîm yn ein dosbarth ni i gyd – Llew, Fflamingo, Jiráff, Eliffant a Sebra. Tîm y Llew ydi fy nhîm i gyda Lleucu, Clara, Teilo ac Imran. Mae Lleucu a Clara yn ffrindiau gorau, fel Non a fi, ond Lisa sy'n eistedd wrth fy ymyl i rŵan.

"Y dasg gyntaf heddi," medd Mr Griffiths, "yw tynnu llun ac ysgrifennu pwt am rywbeth wnaethoch chi yn ystod y gwylie. Cofiwch liwio'n daclus a defnyddio eich ysgrifen orau nawr, Blwyddyn Tri."

Wrth imi nôl y papur o'r gornel greu, dwi'n teimlo ychydig bach yn hapusach. Pan aeth Non i fyw i'r lle newydd, dyma hi'n rhoi paced o binnau ffelt oglau da i mi, ac ers hynny, dwi wedi bod yn lliwio lluniau ciwt *kawaii* a'u hanfon nhw ati hefo llythyr bach ar gefn pob llun. Oglau pethau melys, braf, fel siwgr candi, mefus a siocled sydd ar y pinnau ffelt. Dwi'n gosod y lliwiau mewn llinell dwt ar ymyl fy mhapur yn nhrefn lliwiau'r enfys. *Glitter pens* sy'n dod allan o gas pensiliau Lisa.

Dwi'n meddwl yn galed am fy llun i cyn cychwyn – mae tynnu llun da mor anodd a dwi wir ddim isio gwneud *mess* ... Mae'n well gen i liwio. Pan dwi'n lliwio, mae fy meddwl i'n llonydd, llonydd fel llyn. Yr ochr arall i mi, mae Imran wedi dechrau'n barod ar lun o awyren, ac mae Clara'n tynnu llun o'i hun ar gefn ei beic newydd. Does gen i ddim syniad pa lun i'w dynnu. Mi allwn i sôn am y picnic ar y traeth ar fy mhen-blwydd o bosib, neu'r trip gwersylla i Sir Fôn ...

Llun o dŷ sydd ar bapur Lisa – dau dŷ, nid un ... Ei chartrefi newydd hi ydyn nhw, mae'n egluro, wrth daflu un *glitter pen* ar ôl y llall ar y bwrdd yn flêr ar ôl iddi eu defnyddio nhw. Dau dŷ enfawr ydyn nhw, medd hi – rhai smart ofnadwy efo gerddi llawn blodau lliwgar a thŷ haul pinc a phorffor yn yr ardd, jest iddi hi ... Llais mawr sydd gan Lisa. Taswn i mewn dosbarth newydd mewn ysgol newydd, dwi'n meddwl mai llais fel llygoden fyddai gen i.

Cyn i ni orffen y dasg, mae'r gloch amser chwarae yn canu a 'dan ni'n mynd i'n rhes i nôl ein cotiau.

Be yn y byd wna i ei chwarae am chwarter awr gyda merch dwi ddim yn ei nabod?

PENNOD 6

Wrth adael y dosbarth, dwi'n gwneud yn siŵr 'mod i'n aros reit wrth ymyl Lisa gan fod Syr wedi gofyn i mi edrych ar ei hôl hi. Dwi isio iddi deimlo'n gartrefol, er, mi fase'n gymaint gwell gen i tase Non yma i chwarae hefo fi. Mae'r ysgol yn teimlo fel lle mor wahanol hebddi hi.

Ella y dylwn i ofyn i Lisa sut bethau mae hi'n hoffi eu gwneud amser chwarae, ond mae'r geiriau yn mynd yn sownd yn fy ngwddw i fel *chewing gum*.

Mae Lisa yn troi ata i yn y coridor, reit

wrth ymyl y wal o luniau pysgod lliwgar wnaethon ni efo Miss Carr, ac mae'n dweud (yn uchel, fel bod pawb yn clywed):

"Fi ddim angen help ti, *by the way.* Fi'n *fine.*"

A'r funud nesa, mae hi'n rhedeg i ffwrdd allan i'r iard fawr gan fy ngadael i yno yn edrych fel oen bach ar goll.

Mi alla i deimlo fy mochau'n mynd yn boeth, ac mae fy nhu mewn i'n teimlo'n dynn, dynn, felly dwi'n gwasgu fy ngwefusau at ei gilydd er mwyn stopio'r dagrau rhag dod. Dwi ddim isio crio ar fy niwrnod cynta yn yr Adran Iau – dim ond bod yn garedig o'n i!

Dwi'n rhedeg mor gyflym ag y medra i at fainc felen Non a fi yn y cae pella. Yn y gornel yma roedden ni'n arfer cael ein *secret chats* ni bob amser chwarae. Mae'r fainc yn wlyb socian bore 'ma oherwydd y glaw yn gynharach.

Y tu ôl i'r fainc lle mae'r ffens uchel, o dan y pridd, mae'n capsiwl amser ni. Mewn capsiwl amser, dach chi'n cadw pethau sy'n bwysig i chi a'u cuddio nhw yn y tir fel eu bod nhw'n gallu cael eu darganfod gan rywun arall yn bell, bell yn y dyfodol. Syniad Non oedd y capsiwl – rhywbeth welodd hi ar *Cer i Greu*. Mi wnaethon ni'r capsiwl o botel *Tango* gwag, ac wedyn ei rhoi hi mewn twll wnaethon ni ei balu yn y gwair ar ddiwrnod ola'r tymor – diwrnod ola' Non yn yr ysgol.

Rydan ni wedi rhoi pethau bach sy'n bwysig i ni ynddo fo, i ni gofio ein bod ni'n mynd i fod yn ffrindiau gorau am byth. Mae 'na lun ohonon ni'n cerdded trwy ddrws y dosbarth Meithrin efo'n gilydd; breichled wnes i iddi hi hefo 'N' fawr arni hi; a mwclis wnaeth Non i mi hefo 'M' yn y canol ac enfys fach liwgar bob ochr i'r 'M'; y bêl llawn gliter sy'n goleuo'n llachar ges i o ffair haf yr ysgol; ein hoff losin ni (pacedi bach o *Haribos* siâp calon a *Love Hearts*);

a rhestr wnaethon ni o'r pethau rydan ni'n eu hoffi fwyaf yn y byd i gyd. Ar y rhestr, mae'r pethau yma:

Losin (wrth gwrs!)
Llyfrau lliwio Kawaii
Llyfrau ffeithiau
Anifeiliaid
Bath bombs
Canu'r piano
Chwythu swigod
Setiau Gwyddoniaeth
Sticeri
Sparclyrs ar noson tân gwyllt
Crempogau tenau a Nutella
Rasus malwod
Sgwtio
Pitsas caws
Jeli coch
Cacenni bach
Y T.T.
Rhestrau!

Does neb yn gwybod am y capsiwl amser ar wahân i ni, ac yn bendant ddim Elsi. Dwi'n edrych draw at gornel y Meithrin. Tybed sut fore mae hi wedi ei gael? Yn y llun o Non a fi ar ein diwrnod cyntaf yn yr ysgol, dwi'n edrych yn ôl braidd yn ofnus wrth inni fynd trwy ddrysau mawr y Meithrin.

Tybed pwy sy'n eistedd drws nesa i Non yn ei hysgol newydd hi heddiw? Ydi hi'n hapus 'ta ydi hi'n drist fel fi? Dwi ddim isio i Non fod yn ffrind i neb arall – fy ffrind gorau i ydi hi. Fy ffrind i am byth.

Mi fedra i weld Lisa ar yr iard chwarae efo Clara, Lleucu, Adele a Mabli. Mae hi'n dangos ei hun braidd ar dop y ffrâm ddringo, ac mae ei breichiau hi'n chwifio uwch ei phen fel melin wynt.

Dwi'n colli Non yn ofnadwy.

PENNOD 7

Ar ôl amser chwarae, mae Mr Griffiths am gyflwyno thema'r tymor i ni. Tybed beth fydd hi? Mi fydda Gwyddoniaeth yn grêt – y corff dynol, ella, neu gorau oll wrth gwrs – anifeiliaid! Mae Syr yn ysgrifennu CREADURIAID Y MÔR yn fawr ar y bwrdd gwyn, a dwi'n cicio fy esgidiau *Clarks* newydd yn erbyn coes y bwrdd yn gynhyrfus.

"Ni'n mynd i fod yn dysgu am fywyd creaduriaid y môr y tymor 'ma, Blwyddyn Tri," eglura Syr dros ymyl ei sbectols. "Pwy sy'n hoffi'r thema?"

Yn syth bìn, mae breichiau y rhan fwyaf o'r dosbarth yn saethu i'r awyr, a dwi'n ei chael hi'n anodd peidio â galw allan yn uchel. Dwi wrth fy modd.

"Wel, mae pawb i'w weld yn hoffi'r thema," gwena Syr. "Felly, oes ganddoch chi ffeithiau diddorol am greaduriaid y môr i mi 'te, Blwyddyn Tri?"

Wrth gwrs bod gen i ffeithiau! Llwythi o ffeithiau! Does gan Syr ddim syniad faint o lyfrau ffeithiau sydd gen i wrth fy ngwely, heb sôn am yr un ENFAWR am anifeiliaid y môr ges i gan Nain a Taid ar fy mhen-blwydd ...

"Beth am i ni ddechre gyda siarcod 'te," medd Syr.

Mae 'na olygfeydd o siarcod a'u

cannoedd o ddannedd miniog ar raglen *Blue Planet* yn chwarae yn nheledu bach fy meddwl ...

"Mae'r rhan fwya o siarcod gyda thair rhes, O LEIA', o ddannedd, Syr ..." dwi'n clywed fy hun yn siarad yn gyflym – yn rhy gyflym ella. "Pum rhes weithiau – wyth, hyd yn oed!"

"Diolch, Mira. Ffaith ddiddorol. Llaw i fyny y tro nesa, cofia."

Dwi'n nodio fy mhen ac yn teimlo fy ngwddw' i'n mynd yn dynn. Mae gen i gymaint o ffeithiau anhygoel i'w rhannu am siarcod, morfilod a physgod trofannol, felly dwi'n codi fy llaw yn uchel fel bod Syr yn gofyn i mi eto, ond mae 'na law arall yn saethu i'r awyr ac mae o'n dewis y llaw yna yn lle fy llaw i. Llaw'r ferch newydd ... Pa ffaith sydd ganddi hi?

"Ie, Lisa? Plis rhanna efo'r dosbarth," medd Syr gan wenu.

"Mae dros ddau gant o fathe gwahanol o siarcod yn y byd, Syr, ac mae gan *hammerheads* ..."

"A-ha – siarcod Pen Morthwyl, ie Lisa?"

"... ma' llygaid *hammerheads* ar ochre eu penne nhw. Fel yna, maen nhw'n gallu gweld ... Mae'r *sand shark* yn bwyta eu brodyr <u>a'u</u> chwiorydd nhw, ac mae'r *great white* yn rhoi sioc masif i bobol pan ma' nhw'n nofio, wedyn eu bwyta nhw gydag un *bite* mawr i safio egni. Ond y peth yw ..."

Mae Syr yn chwarae gyda'i farf – ella ei bod hi'n cosi. Dwi'n codi fy llaw pan dwi'n cofio bod siarcod morfil yn gallu bod mor hir ag un deg wyth metr o hyd, ond mae

Lisa yn dal i barablu fel babi dolffin …

"… tydi siarcod ddim yn *really* peryglus i bobol o gwbl, Syrl! Mae *divers* yn gallu nofio reit wrth ymyl nhw, a hefyd …"

"Diolch, Lisa." Mae Syr yn crafu ei farf a'i ben yr un pryd erbyn hyn.

"Unrhyw un arall?"

PENNOD 8

Amser cinio, ac mae Lisa yn aros efo mi y tro yma. Tydi hi ddim yn cymryd sylw ohona i yn y ffreutur, felly dwi'n canolbwyntio ar ddwylo prysur y merched cinio wrth i ni giwio am ein bwyd. Lle swnllyd a phrysur ydi'r ffreutur ac mae'n llawn plant mawr o Flynyddoedd Pedwar, Pump a Chwech. Dwi'n teimlo'n ofnadwy o unig.

Dwi'n dal yn flin yn ddistaw bach efo Lisa am fod mor gas efo fi amser chwarae ac am dorri ar fy nhraws i fel yna yn y dosbarth. Dwi'n dychmygu Non yn cael cinio yn ei hysgol newydd. Oes ganddi hi rywun sy'n edrych ar ei hôl hi, tybed? Rhyw ferch sy'n cadw cwmni iddi, a fydd yn dechrau clwb amser cinio hefo hi a gwneud mwclesi bach iddi? Yn y cerdyn pen-blwydd ges i ganddi wythnos diwethaf, roedd hi'n swnio mor brysur ac yn sôn mor cŵl oedd ei thŷ newydd a'i stafell wely liwgar ... Dwi'n drist nad ydi hi fan hyn wrth fy ochr i. Dwi'n drist 'mod i wedi cael fy ngadael ar ôl a'i bod hi wedi cael dechrau antur newydd hebdda i ...

Fel pob dydd Llun arall yn yr ysgol, dwi'n gofyn am fysedd pysgod a sglodion. Fydda i byth, byth yn cymryd y ffa pob achos mae'n gas gen i unrhyw beth gwlyb ar fy mhlât, ac maen nhw'n drewi. Byddai'n well gen i gael brechdanau jam bob dydd, ond mae Mam a Dad isio i mi 'drio pethau gwahanol'. Dwi'n dewis cacen roli poli jam i bwdin, ond heb y cwstard, wrth gwrs.

Dwi'n dangos i Lisa lle i eistedd ar ôl i ni nôl ein bwyd, a dwi'n trio fy ngorau i ddal fy ngwynt achos mae 'na ffîns yn llifo fel llosgfynydd o ganol ei thaten bob hi. Ych-A-Fi.

Ar ochr arall y bwrdd, mae Clara a Lleucu yn cymharu lliwiau eu bysedd. Gwinedd pinc llachar a darnau bach o gliter sydd gan Clara a rhai porffor sydd gan Lleucu. Tydw i ddim yn cael gwisgo farnais gwinedd, er y byswn i'n hoffi. Mae Mam yn dweud 'mod i'n rhy ifanc, ond un waith y flwyddyn dwi'n cael talu punt a dewis lliw ar stondin winedd ffair haf yr ysgol.

“Hei, Lisa.” Lleucu sy’n siarad, gyda llond ceg o fyrger yn ei cheg (gas gen i bobl yn bwyta heb guddio be sydd yn eu ceg). “Mae tŷ newydd ti’n swnio’n neis – sori, tai newydd!” medd Lleucu, gan edrych ar Clara sy’n nodio’i phen wrth ei hymyl. “Ie, hoffen i gael dau dŷ fel ti, Lisa – rhaid bod e mor braf,” cytuna Clara, gan ddangos ei dannedd blaen merch fawr i ni wrth iddi hi wenu.

Unwaith mae Lisa yn dechrau siarad, tydi hi ddim yn stopio ... Mae hi’n parablu ymlaen ac ymlaen am ba mor wych ydi cael dau dŷ, pa mor fawr ydi ei stafelloedd gwely a chymaint o hwyl oedd eu haddurno nhw yn y lliwiau o’i dewis hi ... Mae ei breichiau hi’n chwifio’n wyllt wrth iddi siarad, yn union fel oedd hi ar dop y ffrâm ddringo.

Tydi ei breichiau hi ddim yn aros yn llonydd, a'r foment nesa, dwi'n teimlo poen yn saethu yn fy ngheg wrth i mi sylwi ei bod hi wedi fy nharo i gyda'i llaw!

"Aaaaa!" sgrechia Clara.

"GWAED!" sgrechia Lleucu.

"Dries i ddim!" sgrechia Lisa. "Damwain oedd e. Fi'n sori, fi jest bach yn *clumsy*..."

A dyna phryd dwi'n sylw. Tydi fy nant

ddim yn fy ngheg i ddim mwy!

"Be sy'n bod, Mira?" Mae llygaid Lisa yn syllu arna i'n fawr fel rhai tylluan ...

"Fy nant i!" Dwi'n clywed fy hun yn gweiddi'n llawn cyffro. "Mae o allan! Mae 'nant i allan!"

Yr unig beth ydi, dwi ddim yn siŵr i le mae o wedi diflannu, ac mae'n rhaid i mi gael Y Dant os ydw i am i'r T.T. ddod draw heno, yn does?!

Mae Lisa yn cymryd fy mhlât i ac yn dechrau symud y sglodion a'r bysedd pysgod o gwmpas efo'r fforc ... Ar eu gliniau o dan y bwrdd, mae Oliver a Dyfan yn cystadlu i weld pwy all ddod o hyd i'r dant gyntaf ...

Lle yn y byd mae'n cuddio?!

PENNOD 9

Wnaethon ni ddim dod o hyd i fy nant yn y diwedd, er yr holl chwilio, ac mae ochr fy ngheg i le ges i'r slap yn brifo'n ofnadwy. Dwi ddim isio eistedd wrth ymyl Lisa pan mae'n amser i ni fynd yn ôl i'r dosbarth, ond mae'n rhaid i mi, mae Syr wedi dweud ...

I le aeth Y Dant? Dwi wedi aros mor hir am hyn – misoedd ar fisoedd ar fisoedd, a fydd y T.T. ddim yn dod draw heno rŵan, na fyddan? Mae'n gas gen i Lisa Aitkin.

"Mira ... Ti'n ocê?"

Hi sy'n siarad. Tydi hi ddim yn gwybod sut mae sibrwd, dwi'm yn meddwl. Dwi'n penderfynu ei hanwybyddu hi a dal ati efo tasg y bore. Tydan ni ddim i fod i siarad ar ganol tasg annibynnol, beth bynnag, neu chawn ni ddim Amser Aur gan Syr.

Mae hi'n lliwio'n fwy twt nag oedd hi'r bore 'ma a tydi hi ddim yn taflu ei *glitter pens* i bob man 'chwaith. 'Dan ni'n parhau efo'n tasg yn dawel a dwi'n aros ac aros i'r gloch ganol pnawn ganu.

O gornel fy llygad, dwi'n sylwi mai llun ohoni hi a'i mam mae hi'n ei ddarlunio o flaen un o ddrysau'r tai – lle mae ei thad hi?

"Paid pipo!" medd Lisa yn flin wrth fy ngweld i'n edrych. Mae'n symud y papur yn sydyn i ochr draw'r bwrdd. "Dim busnes i ti, *nosy parker!*"

Dwi'n brathu fy ngwefus. Pam ei bod hi mor gas? Nid busnesu o'n i! Fydda Non byth yn siarad efo fi fel hyn ... Mi fedra i deimlo deigryn yn rowlio i lawr fy moch am yr ail waith heddiw – dwi ddim isio crio!

Wrth fy ymyl i, mae 'na sŵn snwffian tawel ...

Mae Lisa yn crio hefyd.

PENNOD 10

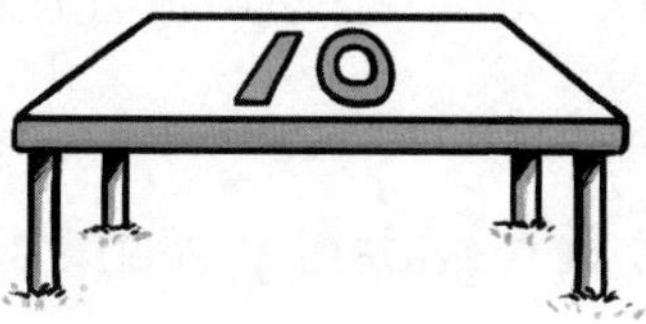

Pan mae'r gloch Amser Chwarae Pnawn yn canu o'r diwedd, mae Lisa yn rhedeg trwy'r drws heb gôt a heb aros yn y rhes gyda gweddill y dosbarth. Dwi'n gwisgo fy nghôt yn gyflym ac yn mynd i chwilio amdani, ond fedra i mo'i gweld hi yn unman. Dwi'n ymuno mewn gêm o Tag efo rhai o'r merched, er nad ydw i'n teimlo fel chwarae ac er 'mod i'n teimlo fod pawb yn syllu arna'i heb Non wrth fy ymyl i. (Mae'n deimlad mor od. Er bod gen i gwmni, dwi'n teimlo'n ofnadwy o unig.)

Fedra i ddim peidio â meddwl am Lisa. Mae hi mor hyderus – felly pam ei bod hi'n crio? Ella nad ydi hi'n mwynhau bod mewn dosbarth newydd mewn ysgol newydd ...

Dwi'n gadael y gêm ac yn penderfynu mynd i chwilio amdani unwaith eto. Ar ôl chwilio a chwilio, dwi'n dod o hyd iddi'n eistedd ar fainc felen Non a fi, ei llygaid hi'n goch a'i bochau hi'n wlyb socian. Erbyn hyn, mae'r fainc yn sych gan fod yr haul wedi dod allan o'r tu ôl i'r cymylau i ddweud helô.

"Gad fi fod!" mae Lisa'n hisian o dan ei gwynt wrth i mi gerdded tuag ati. "Sdim ots 'da ti ... Ti jest yn helpu achos bod Syr wedi dweud bo' rhaid i ti helpu fi, a fi ddim angen help ti, *so* gad fi fod!"

Beth fedra i ddweud? Mae'n wir, fyddwn

i ddim yn ei dilyn hi rownd yr ysgol fel cysgod heblaw bod Syr wedi gofyn i mi wneud.

"Lisa," dwi'n sibrwd wrth i mi fentro eistedd wrth ei hymyl hi, "does 'na'm angen i ti boeni am y dant. Wnest ti ddim trio ... a wnest ti ddim trio fy mrifo i ... Dwi 'di aros mor hir i'r dant yna ddod allan, beth bynnag!"

Dwi'n meddwl bod hyn yn gwneud iddi deimlo ychydig yn well achos mae'n codi ei phen am y tro cyntaf ac yn edrych reit i fyw fy llygaid i, fel gwnaeth hi ar ddechrau'r dydd. Dydi'r un ohonon ni'n dweud dim byd am ychydig bach. Yna ...

"So Dad yn byw 'da ni nawr ..."

Mae ei llais hi'n swnio'n wahanol. Mae'n fach, fach, fach.

"Fi a Mam ... ni wedi dod i Gaerdydd achos fan hyn mae *Granny* a *Gramps* fi'n byw. 'Na pam bod gen i ddau dŷ ..."

Mae'r ddwy ohonon ni'n dawel am amser hir. Dwi ddim yn siŵr beth i'w ddweud felly dwi'n meddwl am Non. Beth fyddai hi'n ei wneud?

Dwi'n symud yn agosach ati i ddangos 'mod i isio bod yn ffrindiau. "Ma' fy ffrind gorau i newydd symud i ffwrdd, Lisa. Non ydi ei henw hi. Dwi'n ei cholli hi'n ofnadwy ... Ti'n colli rhywun hefyd?"

Mae hi'n nodio ei phen yn araf ac mi fedra i weld deigryn bach yn disgyn o gornel ei llygaid. Am eiliad, dwi isio rhoi clamp o gwtsh iddi.

"Alla i fod yn ffrind i ti, Lisa ..." dwi'n mentro'n ddistaw. "Wna i ddim jest helpu ti, alla i fod yn ffrind hefyd ... os ti isio ...”

Mae Lisa yn codi ei phen ac yn rhoi nod fach, ac am y tro cyntaf dwi’n ei gweld hi’n gwenu.

Mae hi’n wên hyfryd.

PENNOD 11

Ar ein ffordd yn ôl i'r dosbarth, mae Lisa a fi'n rhannu ychydig o ffeithiau am ddannedd anifeiliaid efo'n gilydd.

"Oeddet ti'n gwybod mai dannedd ydi'r pethau hir, pigog yna ar wyneb eliffant?" dwi'n gofyn iddi, ac mae hi'n ysgwyd ei phen, ei llygaid hi'n fawr. Mi fedra i ddweud ei bod hi'n methu credu'r peth.

Rydan ni'n cerdded trwy'r ffreutur, a dwi ar fin sôn wrthi am y dannedd miniog sydd gan y rhan fwyaf o nadroedd, pan mae hi'n cerdded i ffwrdd oddi wrtha i, fel gwnaeth hi gynnau. Dwi'n teimlo rhywbeth caled yn cnoi yn fy mol unwaith eto, ond wedyn dwi'n sylwi ei bod hi'n penlinio ar lawr wrth ymyl un o'r byrddau bwyta ac yn codi rhywbeth i fyny – rhywbeth bychan bach ...

"Edrych beth sydd gen i!" medd Lisa yn gyffrous, ac wrth iddi agor ei llaw yn ara' deg, mi fedra i weld Y Dant yn gorwedd yno'n sgleiniog a gwyn. Mae Lisa yn estyn ei llaw tuag ata i ac yn gosod Y Dant yng nghledr fy llaw.

"Gen ti lygaid barcud!" medda fi, yn methu credu ei bod hi wedi llwyddo i ddod o hyd iddo fo!

Mae Lisa yn estyn i'w phoced ac yn rhoi darn o bapur tishw i mi i'w lapio fo'n saff, a dwi'n ei gadw fo'n ddwfn, ddwfn ym mhoced fy nghôt.

"Gei di fenthyg *glitter pens* fi 'fory – os ti isie," medd Lisa, wrth i ni gerddded yn ôl i'r dosbarth gyda'n gilydd.

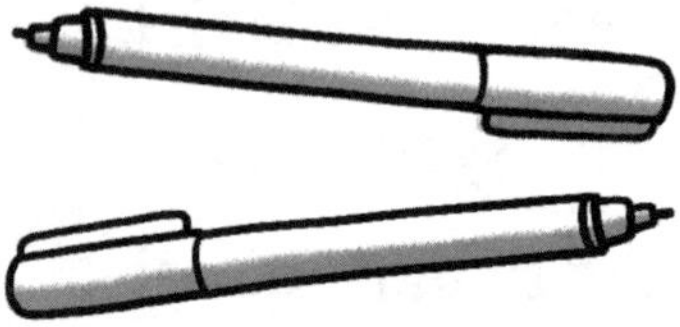

Mae Syr wedi rhoi rhai o luniau lliwgar gwyliau haf y dosbarth ar y drws, felly tydi o ddim cweit mor llwyd erbyn hyn. A fedra i ddim peidio â chwerthin wrth feddwl am lygaid barcud Lisa yn sylwi ar rywbeth mor bitw â fy nant bach i ar lawr sgleiniog y ffreutur.

PENNOD 12

"Ai ffrwyth 'ta llysieuyn ydi ciwcymbr?" dwi'n gofyn wrth y bwrdd bwyd 'nôl adre, gan ein bod ni'n chwarae un o fy hoff gemau, sef 'Ffeithiau'.

"Hm, gad i mi feddwl ..." medd Mam wrth iddi estyn am fwy o gaws. "Llysieuyn, mae'n rhaid."

"Anghywir, Mam – ffrwyth ydi o!"

Dwi wrth fy modd pan dwi'n dysgu ffeithiau i bobl. Dwi'n eu cofio nhw mor dda. "Oherwydd yr hadau, yn union fel afal ... Mae tomato'r un peth. Ffrwyth ydi tomato hefyd!"

Mae Dad wedi coginio *wraps* cyw iâr i ni heno a dwi wrth fy modd. Dyma fy hoff bryd bwyd gan 'mod i'n gallu dewis be dwi isio ei roi ar fy mhlât o'r potiau bach sydd ynghanol y bwrdd. Yn y potiau, mae 'na bethau fel ciwcymbrs, tomatos a chaws ac mae pob dim ar wahân i'w gilydd. Dwi'n llenwi fy mhlât heno, er bod bwyta'n teimlo braidd yn rhyfedd heb Y Dant yn siglo o dan fy nhafod!

"Elsi?" Mae Dad yn edrych ar Elsi sydd wedi llenwi ei *wrap* hi gyda'r rhan fwyaf o gynnwys y pot hwmws. Tydi Elsi ddim yn bwyta'n dwt fel fi, ac mae ganddi wastad ryw ddarn o fwyd yn glynu wrth ei boch neu ei gwallt pan 'dan ni wrth y bwrdd bwyd.

"Sut ddiwrnod gest ti yn y Meithrin, pwt?" ('Hanner' diwrnod cyntaf mae Elsi wedi ei gael a dweud y gwir, achos tydi plant bach y Meithrin ddim yn mynd i'r dosbarth am y diwrnod cyfan, fel mae gweddill yr ysgol yn ei wneud.)

Tydi Elsi ddim yn stopio siarad am ei diwrnod cyntaf; mae'n parablu am y gornel dywod a'r bwrdd peintio, y llefrith a'r darn o fanana gafodd hi amser chwarae, a'i holl ffrindiau newydd, gan gynnwys Blodwen a Bleddyn, y ddau fochdew. Dwi'n meddwl bod Elsi, fel fi, yn hoff iawn o Mrs Morris.

Ar ôl bwyd, dwi ac Elsi'n cael gwylio 'un cartŵn bach' cyn setlo. Un o fy hoff bethau ydi cwtsio efo Elsi ar y soffa fel hyn, er ein bod ni bob tro yn dadlau'n ofnadwy cyn i ni gytuno ar ba raglen i'w gwylio. Mae 'na ddarnau bach o baent pinc ar fraich y soffa ers bore 'ma, ond dwi'm yn meddwl fod Mam wedi sylwi ...

'Dan ni'n cael 'noson gynnar', yn ôl Dad, gan fod Elsi wedi blino'n lân ar ôl ei diwrnod cyntaf yn yr ysgol, felly i fyny â ni i'r llofft ar ddiwedd y rhaglen, ar ôl i Mam gofio tynnu llun o'r twll bach yn fy ngheg. Dwi'n ddigon hapus i fynd i'r gwely heno, a dweud y gwir, achos mi fydd y T.T. yn dod draw, a dim ond plant bach sy'n cysgu sy'n cael pres ganddyn nhw.

Y cyntaf i frwsho dannedd a newid fydd yn ennill y ras. Dwi'n gadael i Elsi ennill heno wrth i mi dacluso'r stafell ar gyfer ymweliad y T.T., rhag ofn iddyn nhw faglu. Dwi'n rhoi stŵr iddi am adael ei theganau a'i dolis ar hyd y llawr ar fy ochr i o'r stafell, ond tydi hi ddim yn fy helpu i'w clirio nhw – mae hi'n rhy brysur yn dawnsio o flaen y ffenest.

"Fi jyst yn dweud nos da wfth y lleuad, Mifa," medd Elsi wrth droi a throi yn ei choban *Frozen.*

"Cau'r llenni, Elsi, mae'r stryd i gyd yn dy weld di!"

Mae hi'n hollol grwn heno – y lleuad – fel sbectols Mr Griffiths.

Dwi'n meddwl y bysa'r T.T. yn hoffi nodyn bach personol gen i, fel perchennog Y Dant, felly ar ôl i mi groesi dyddiad heddiw oddi ar fy nghalendr (fel dwi'n ei wneud bob nos cyn mynd i gysgu), dwi'n estyn fy hoff bapur sgwennu llawn creaduriaid amryliw ges i o'r Sw Môr yn y gwyliau ac yn sgwennu'n fychan fach yn fy ysgrifen ora':

Annwyl y T.T.,
Diolch yn fawr am ddod i nôl Y Dant. Dwi wedi aros mor hir am heno felly dwi'n hapus iawn.

O.N: Dwi'n sori am y mess. Bai fy chwaer fach ydi hyn – mae hi'n hoffi stafell flêr.

Nos da,
Mira
xxxxxxx

"Amser cysgu rŵan, iawn Elsi?" dwi'n sibrwd. "Bydd Mam a Dad yn dod yn y funud – ac wedyn, y T.T.!"

"Iawn, Mifa, fi'n dod," mae hi'n ateb. "Fi'n swatio'n glyd."

Mae hi'n dawnsio draw at ei gwely ac yn dringo o dan ei blanced uncyrn.

"Mifa ... stofi?" Mae ei llygaid mawr yn edrych i fyny arna i a fedra i ddim peidio â darllen iddi hi heno – mae hi'n edrych mor ciwt yn ei gwely bach, a Doli Rhoswen wedi cwtsio i fyny wrth ei hymyl hi.

Dwi'n gorwedd wrth ymyl Elsi ac yn rhoi braich o'i chwmpas hi wrth i mi ddarllen stori am ddwy dywysoges sy'n ffrindiau gorau. (Er nad ydw i'n hoffi straeon am dywysogesau o gwbl, mae Elsi wrth ei bodd hefo nhw, am ryw reswm.)

Ar ôl imi orffen y stori a chau cloriau'r llyfr, mae hi'n estyn ei breichiau bach am fy ngwddw ac yn fy ngwasgu i'n dynn. "Fi byth gadael ti fynd, Mifa," mae'n sibrwd yn fy nghlust. "Ti'n dal calon fi." Dwi'n teimlo'n gynnes y tu mewn, er bod fy ngwddw i'n dechrau brifo ychydig bach. Mae cael chwaer fach fel Elsi yn ocê, hyd yn oed os ydi hi'n gallu bod yn boen ambell waith.

O'r diwedd, mae Elsi'n fy ngollwng i'n rhydd ac yn setlo hefo Doli Rhoswen. Dwi'n gosod Y Dant yn fy mocs bach pren siâp crwban ac yn ei roi o dan fy ngobennydd yn ofalus – reit yn y canol – cyn cau fy llygaid yn dynn.

Pan fydda i'n deffro fory, mi fydd Y Dant wedi diflannu ac mi fydd yna bunt lachar yn disgleirio yn haul y bore.

Fedra i ddim aros i ddweud wrth Lisa.

Mae Luned Aaron yn awdur ac yn arlunydd. Enillodd ei chyfrol gyntaf, *ABC Byd Natur* (Gwasg Carreg Gwalch, 2016) Wobr Tir na n-Og am lyfr plant gorau'r flwyddyn. Mae'n byw gyda'i theulu yng Nghaerdydd.